문학수첩 시인선 118

영원이 되어 가고 있다

문학수첩
시인선
118

영원이 되어 가고
있다

문학수첩

자신의 삶 한쪽을 내어 준 이들에게.
모든 만남의 중심이 된 윤태현에게.

우리의 목표는
끝끝내 익명의 목소리가 되는 것.

2024년 2월
차재신

차
례

박
현
근

나는 자꾸 예견되었다. 유령이니까.

사람이 죽으면 인물이 된다. 그리운 인물. 그리워하는 인물. 원망하는 인물. 기리는 인물. 기다리는 인물…. 인물에 대한 열망이 인물을 살아 있게 한다.

살리는 것과
죽이는 것을 두고

닮은 사람들이 책방에 모인다.

그들은 영혼처럼 종이를 넘긴다.
문장 속에 자기를 가두려는 듯이

웅크린 자세.

유령은 벗어나는 것. 넘어간 낱장과 넘어가는 낱장 사이.

창틀에 가려진 유리 사이. 날아가는 돌과 개구리 사이. 산 사람과 살 사람 사이. 이미와 아직 사이. 문틈으로 흐르는 빛.

같은 결말처럼
맴도는 사람과

꼬리를 무는 생각들.

형벌처럼
숨을 쉬는 미래가 보인다.

앞으로도 살 사람이 남겨져 있다.

송
지
연

공안이 나를 어딘가로 데려갔다

성곽을 함께 걸으며 그는 많은 얘기를 해 주었다 공공의
안녕을 위해서는 건전한 사고를 가져야 한다 그것은 혼자만
의 힘으로는 되지 않는다 눈을 반짝이며 그는 질서에 대해
그리고 많은 이들의 희생으로 이룩한 역사에 대해 들려줬다
돌 하나하나에도 각각의 역사가 담겨 있는 거라고

같은 모습으로 깎인 돌들을 지나치며 성곽의 끄트머리에
다다랐을 때 그는 잠시 멈춰서 뒤를 돌아보라고 했다 모든
자치 활동은 우리가 지나온 길에 쌓인 돌처럼 많은 사람을
고려해야 한다고 했다 그중 한 명을 뽑는 것은 가장 많은 돌
을 나르는 사람을 뽑는 거라고

비유인가요?

그는 국경을 따라 두 시간만 걸으면 끝없는 바다가 펼쳐진

다고 했다 바닷속에 여권을 던진 채 사라진 사람들이 있다고
도 했다 모든 국경의 끝은 바다와도 같다고, 그럼 우리가 나
눈 대화도 바다 같은 건가요? 물었지만 그는 시간이 되었으
니 그만 돌아가자는 말만 했다

돌아오는 길에 언니는 그와 무슨 대화를 나눈 거냐며 물었
다 언니, 국경 끝에는 바다가 있대 스스로 사라지기를 선택
한 사람들이 있대 떠나지도 않았는데 계속 돌아오는 마음 같
은 게 있대 유적처럼 깊고 파란, 언니는 배 속의 조카가 들을
수 있으니 말을 가려서 하라고

국경에 도착했을 때
온화한 얼굴을 한 사람 몇이 갈 데가 있다며 우리를 인계
했다

박
민
지

돌

내가
돌이 되었다는 소문을 들은
사람들이 찾아와 사진을 찍기 시작했다

돌의 역사는 이렇게 되었군 먼 곳으로부터 굴러오는 동안
이런 형태를 띠게 되었군 연신 셔터를 눌러 대며 그들은 돌
이 지닌 빛깔에 대해 그리고 아름다움에 대해 떠들었다

그들이 떠나면
아이들이 찾아왔다 자기들끼리 까르르거리며 만지작대고
집어 던지고 맞히고 걷어차고 웃고 서로 상처를 내며 장난치
는 동안

서성이는 기분
나는 왜

돌이 됨에도 서성이는가

다이안 아버스
툰비에르크

오래된 광석의 이름처럼
기억 속으로 묻히고 싶다

그러나 눈을 뜨면 다시
무덤이 아닌
절벽 끝에 매달려 있고

수많은 돌
그리고 빛

가만히
지구가 멸망하는 순간을 조망하게 된다

순간이 아닌 모든 것들을
가득 눈에 담은 채

한
영
선

생물과 공학이 입체적으로 연동되는 프로세스를 전산화해
입증하시오.

흰 종이에 DNA라 쓰고 읽으면 조작 가능한 모든 것들이
떠오른다. 나는 언어를 사랑하지 않는다. 나는 전기와 가늘
게 이어진 회로들을 사랑한다. 회로처럼 머릿속을 떠다니는
활자들. 활자의 입자는 점과 선 사이 섬광으로 있는가. 나는
공학적으로 태어났는가. 가능성을 탐닉할수록 나는 어디론
가 연동되었다.

과학 선생을 사랑했던 것과 과학을 사랑하는 것 중 배후에
숨은 것을 고르시오.

미래에는 과학을 외국어로 규정한다는 법이 제정되었다.
그때부터 초끈이니 상자 안의 고양이니 꿈이니 하는 것들은
모두 부드럽게 뭉개지는 발음이 되었다. 입속으로 흘러내리
는 웅얼거림이 되었다. 학계에서는 언어를 완전히 없애버리

자는 주장이 나왔다. 변동하는 체온이 주된 이론이었다.

레바논 해변가에 파묻은 편지지가 심장까지 도달할 가능성을 구체적으로 서술하시오.

감정은 연동으로 번역되는가. 입속을 겨냥한 총구가 떨리는 것은 죽음으로 낭독되는가. 거기 검은 배후가 있는가. 나는 끝나지 않는 음모를 사랑한다. 음모는 음모만으로는 성립되지 않고, 검은 베일과 어두운 그림자, 텅 빈 무대로 다시 구성되고 있다. 쌓아 놓은 모든 것을 무너뜨린다. 인간의 프로세스다.

텅 빈 무대 위
침묵.

이제 이미지를 잘라 내시오.

손
민
이

언제까지 해야 하나요?

　그는 미동하지 않는다 수행은 끝나지 않는 법 내 성질을
발견하는 것 무릎이 바닥에 부딪힐 때마다 짙게 푸른 멍이
든다 더하면 양처럼 흰 뼈가 드러나게 되고

　무릎을 꿇을 때마다 머릿속을 채우는 양 한 마리 양 두 마
리 세 마리… 쉼 없이 늘어나는 것은 양의 성질 뼈가 훤히 드
러나도록 순종하게 되는

　양을 아무리 죽여도 보송보송 새 털이 자라나는 밤 흰 스
웨터를 입고 무한히 반성하는 밤 내가 죽일 수 있는 것과
죽일 수 없는 것들이 마구 자라나는 밤

　그게 나를 죽일 때까지

　엎드린다 그가 만족할 때까지 처음으로 돌아가야 한다 입

을 막으면 부르르 떠는 것은 사람의 성질 온몸에 멍이 들 때
까지 들이받는 것도 털 뭉치를 내팽개치는 것도

　수행이 끝나면
　다시 태어나는 양 한 마리

　나를 두른 채
　메에, 하고 우는 양이 한 마리

기타는 배신하지 않는다. 수학처럼. 나는 정교한 것들을 사랑한다. 일정한 선의 간격. 정확한 코드를 짚으면 정확한 소리를 내는 것. 나는 가까스로 서 있다. 찌르면 정확히 절규한다. 정확히 좌절한다. 정확히 운다. 실수로 아름다워지려 한다. 선을 모조리 뜯어낸다.

우리는 우리가 되는 동시에 죽고 태어나길 반복한다. 절벽 끝에 밀어낸 인간이 되돌아오는 것처럼. 나는 기타가 아니다. 정확한 죽음처럼 모호한 것은 없다, 라고 생각한다. 동시에 정확한 시체 하나가 떠오른다. 죽은 상징이다. 이 죽음의 깊이는 연못만큼이다. 정반합이다.

우리는 연못만큼 사랑했다. 나는 정교하게 부정해진다. 부정할수록 정확해진다. 기타는 부정하다. 무대는 부정하다. 수학도 부정하다. 혼자서 웅크린다. 웅크릴수록 품 안의 어둠이 정교해진다. 연못처럼. 다시 기타를 꺼낸다. 선은 보이지 않고 그것은 깊다. 허공의 코드를 짚으면 어두운 침묵이

들린다.

　연못에 비친 우리는 서로의 어둠을 꺼내 섞는다. 부정합
이다.

이
새
샘

나무라고 여기는 게 좋았다.

좋은 것들을 모두 나무라 불렀다. 아이들과 우주, 천천히
차오르는 샘물, 연둣빛 이파리, 귀여운 할머니 같은

우주의 아이들이 연둣빛 이파리를 간직한 채 태어나는 샘
물 속에서 천천히 할머니가 되어 가는

그런 우주를 그리는 동안

스스로 자라는 사물들이 좋았다.

내가 떠난 뒤에도
아이들이 아이들인 채로 남아 있는 게 좋았다.

나무에서 의미를 빼내도
나무는 숲으로 숲에서 산으로 뻗어 나가고

생장하는 봄

구겨진 종잇장 같은
사람들을 오두막에 집어넣고 물을 뿌리는 것.

집과 사람의 뿌리가 한데 얽혀
하나의 뼈로 자라는

산을
오랫동안 산으로 바라보는 게 좋았다.

두 발로 오르기는 싫었다.

김
수
민

가설:

인류의 최종 진화 형태는 파도로봇일 것이다

파도로봇 설계 도면:

- 국제리더십학생협회에 등록된 자
- 범고래의 범지구적 성향 관련 연구 학술 자료 발표
- 인간을 심은 텃밭을 성실히 가꾸는 자
- 근접한 인간일수록 날카롭게 언어를 벼리는 자
- 자가 면담 기능 탑재
- 동생의 눈을 찌른 언니-오이디푸스
- 주머니 속에 신경 안정제 두 알을 항시 지참하는 자
- 죄책감 없이 인간을 뽑아 버리는 자
- 인사 계원
- 노무사 자격 박탈증 소유
- 반프로이트주의
- 같은 파도로봇끼리 사랑에 빠지지 않는 자
- 우리와 우주를 구분 못 하는 자

• 새벽빛 간접 조명 기능 탑재(직접 조명은 너무 뜨거워서 안 됨)
• 파도 끝에서 사랑에 빠지는 자
• 상기 모든 내용을 망각하는 자

비고:
불면증 및 계획 강박 필수

도면을 찢으면
중심으로 몰아치는 호수가 있었다

김
정
민

그럼에도 불구하고

침대란 꿈으로부터 나를 유예하는 것. 미온수의 형태로 흐르는 것. 수면 위로 나는 떠다니고 있다. 말하기 전에 이미 준비된 사람처럼. 죄를 짓기도 전에 죗값을 치른 것처럼. 편안해질수록 나는 침대로부터 멀어지고 있다. 내가 믿는 것은 오직 세이지 그린 컬러. 자연에 가까운. 이해할 수 없이 좋아하게 되는. 눈을 찌른 언니도 7년간의 사랑도 아닌. 오직 침대만이 나를 깨울 것이다. 나를 잠재울 것이다. 잠이 너무 길어 깨어났을 때는 모든 것이 이미 끝나 있을 것이다.

침대가 세계의 끝이라면. 눕기 전에 생각하는 습관. 언니는 왜 군대에 가지 않는가. 언니는 어째서 끝나지 않는가. 나는 왜 같은 사랑을 7년 동안 하고 있는가. 나를 해체하면 침대의 파편으로 추출되는가. 옆에 누군가 누워 있는가. 따뜻한 숨을 내쉬는가. 손을 뻗은 곳에 피부가 닿는가. 누구든 누울 수 있는. 누구도 눕지 않는. 모두에게 솔직하고 싶다. 모두에게 편안해지고 싶다. 연결되고 싶다. 머리맡에 놓인 접속사처럼. 책임 없이 체온을 나누는 것. 후유증 없는. 잠으로 이끌어 가는 것.

그럼에도
끝나지 않는 꿈이 계속되고 있다.

연
정
모

다시 눈을 떴을 때는 해바라기 들판이었습니다 나는 다 자랐거나 덜 자란 해바라기들 사이를 걷다가 이내 그를 발견합니다 그는 꿈의 세계를 관장하는 존재처럼 널리 들판을 내다보고 있었습니다 환한 얼굴로 다가가 여기가 어디냐 물으니 그는 앞으로 나아가야 한다는 말만 남긴 채 서서히 희미해졌습니다 여름에 갇힌 사람처럼 나는 한참을 걸어야 했습니다 어서 사랑이 끝나길, 빛을 사랑하는 것도 죄가 되는 세계에서 나는 다른 이들의 꿈을 헤집고 나아갔습니다 하염없이 걷다 보니 어느새 눈으로 뒤덮인 선로 위였습니다 밑으로 그동안 뛰어내렸던 유리창들이 눈송이처럼 흩어져 있었습니다 한 걸음 발을 내딛자 사방이 점점 환해집니다 허리가 끊어진 길 너머로 기차가 달려오고 있습니다 나는 이 세계가 빛무리처럼 다시 태어날 것임을 망각합니다 눈을 질끈 감자 몸을 통과한 빛이 무수히 쏟아집니다

임
소
희

영국 정원은 어디에 있나요?

어둡고 긴 터널을 지나는 동안 묻게 된다. 영국 정원은 영국에 없고. 나는 이미 거기에 다녀왔어요. 기억은 없지만 사진이 있습니다. 그는 사진을 꺼내 보인다. 나무도 벤치도 사람도 없이 하얗기만 한. 들판에 쌓인 눈을 가리켜 묻는다. 여기가 영국입니까. 이것은 영국이 아니다. 영국은 무얼 대표합니까. 당신은 무얼 대표했습니까. 우리가 가려던 곳은 어디입니까. 그는 터널이 끝나면 바다가 나올 거라고 한다. 요즘은 한 번 잠에 빠지면 도통 일어나질 못해요. 내려야 할 곳에서 내리지 못하는 일이 많아지고 있습니다. 그렇다면 우리는 바다에 도달하는 겁니까. 그는 다시 그곳에 가고 싶다고 한다. 하나의 정원을 떠올리며. 같은 속도로 전진하는 차들 옆에서. 기억을 해야 한다. 기억을. 우리가 떠나가는 것인지. 떠나오는 것인지. 출구 쪽에서 점점 희미한 빛이 들어서고. 터널을 통과했을 때 흰 눈이 쏟아지고 있었다.

정
명
석

말장난은 두 개의 문으로부터 시작된다 빛과 가까운 문과 고양이에 가까운 문 둘 중 하나를 선택해야 한다 다른 하나가 사라지기 전에 여기까지 말한 뒤 설명은 멈춘다

어떤 걸 도와드릴까요?

설명이 좀 필요해서요

빛과 가깝다는 건 옥상에 가깝다는 말입니다 위험에 임해야 합니다 은색 난간과 무너진 계단을 오르는 과정입니다 올라야 할 일이 있으신가요? 지금 위태로우십니까? 주사위처럼 내던져졌습니까?

작년에 고양이는 새끼를 여섯 마리나 낳았습니다 쉴 새 없이 새끼를 낳았습니다 밤새 그들은 사람 새끼처럼 울어 댔습니다 밤마다 떨어진 사람이 있는지 창밖을 살펴야 했습니다 여기까지면 도움이 될까요?

빛과 고양이 사이에 무엇이 있나요?

유머가 있습니다 명석해질수록 저는 불행해졌습니다 모든
유산은 우연히 선택한 불행이었습니다 중독된 약속이었습니
다 내가 남길 건 약속뿐이었습니다 상속자들은 나에게 찾아
와 요구했습니다 그때마다 나는 두 개의 문 중 하나를 골라
야 했습니다

무엇을 골랐는데요?

나가시는 문은 저쪽입니다

이
준
기

캥거루에게 죽을 뻔했다면 믿으시겠습니까?

사람에 쫓겨 떠난 곳에서는 캥거루에게 쫓기는 삶의 연속이었습니다. 5일 만에 비누와 물로 몸을 씻게 되었을 때, 나는 눈물로 젖을 수밖에 없었습니다. 피부를 타고 흐르는 물을 보며 마실 수가 없었습니다. 미녀는 석류를 좋아한다. 내가 좋아하는 것은 무엇인가. 나를 이루는 것들을 떠올려 봅니다. 맑은 하늘과 깔끔한 슈트, 가지런한 치아, 바람 빠진 자전거….

하늘, 슈트, 치아, 자전거

연관이 없는 단어들을 나열해 봅니다. 나는 어디서나 연관된 사람이고 싶었습니다. 건치 미소를 배웠습니다. 믿음을 주고 싶었습니다. 모두에게 배운 것을 알려 주었습니다. 그러나 나의 그늘이 옅어질수록 그들의 그늘은 짙어져만 갔습니다. 바람 빠진 자전거를 등에 메고 끝없는 국도를 걷던 때가 생각납니다. 나의 국도는 어디에 펼쳐져 있는가, 시드니와 브리즈번은 그렇게 태어납니다. 암벽을 오르는 내내 이름 모를 맥줏집에서 부딪쳤던 유리잔과 거기에 비친 미소를 떠올리는 것, 그것이 나의 항공입니다.

캥거루도 자전거도 사람도 이제는 다 끝난 곳에서, 내가 거리낄 것은 남아 있지 않습니다. 최종적인 대비는 모두 끝마쳤습니다. 문 앞에서 호흡을 가다듬은 뒤, 그들을 두드릴 수 있는 마지막 문장을 내뱉습니다.

캥거루는 여전히 나를 쫓고 있습니다.
믿으시겠습니까?

이
수
빈

센터 앞에 똥 투척하고 가신 분, 나와 주세요.

나의 업무는 버러지에게도 존대하는 것. 언어를 순화하는 것. 주민을 주민답게 응대하는 것. 인간을 상대할수록 나의 시간은 아까워져만 갔습니다. 사람이 아까운 것은 참을 수 있어도 시간이 아까운 것은 참을 수가 없었습니다. 인간이 아닌 파티션으로 둘러싸일 때 나는 가장 안정되었습니다.

내 여행은 주민이 사라진 곳을 찾아 떠나는 것. 파티션으로 이뤄진 성을 쌓는 것. 이루어질 수 없는 시간을 계획하는 것. 어딜 가든 주민은 공기처럼 산포해 있었습니다. 쉽게 나는 공공재처럼 산포되었습니다. 언어를 순화할수록 나의 중심은 비워져만 갔습니다. 어디서든 쓰일 수 있는 사람이란 건 무엇도 쓰고 싶지 않은 사람과 같았습니다.

개새끼야,
한마디 외칠 용기가 있었더라면.

공적인 시간과 공적인 만남과 공적인 이별 속에 무수한 개새끼들이 태어났습니다. 내게 똥을 싸 댔습니다. 똥을 싸 놓은 건 참을 수 있어도 시간을 똥으로 버무리는 건 참을 수 없다. 계획이 똥으로 뒤덮일수록 센터에 참을 수 없는 용기가 생긴다. 이제는 말할 수 있다. 더 이상은 시간이 아깝지 않게

마지막으로 경고합니다.

나의 하루에 똥을 던지고 가신 분, 지금이라도 좋으니 나와 주세요.

제발입니다.

장
한
이

네 이웃을 네 몸과 같이 사랑하라

내 몸을 사랑할 수 없어 이웃을 사랑했습니다 이웃에 몸을 새겼습니다 겹과 겹을 합치면 이웃이 아닌 먼 곳의 호수가 나타납니다

가족이란 횡단 열차를 타는 것과 같다고 생각했습니다 함께 모여 앉은 채 서로의 끝을 상상하는 것 얼어붙은 호수 위에 선 우리의 모습을 그려 보는 것

가족들은 창밖의 풍경처럼 나의 뒤로 밀려납니다 나타나다 사라지길 반복하는 나무들처럼 유리 속의 나를 뚫고 통과합니다 끝나지 않는 나무들만이 계속됩니다

사랑하기 위해 이웃을 찾아 헤맸습니다 모두들 음식을 나눠 주고 시원한 맥주를 건넸습니다 좋은 사람이란 나눠 주는 사람 좋은 인상만 가진 채 기억이 나지 않는 사람

기억나지 않는 곳마다 짙은 그늘이 드리웠습니다 발을 담
그면 벗어날 수 없었습니다 갈 데까지 간 나무들 사이를 헤
집다 보면 먼발치에 일렁이는 물결 반짝이는 빛

  호수에 도착하면 이웃은 없고
  이웃이 될 이들만 삼삼오오 모여 있습니다

이
충
래

쓰이기 위해 나는 진화해 왔다. 사회적 관심과 사회적 무관심은 가장 사회적인 것 속에서 무용해졌다. 내가 쓰이는 곳은 나의 선임, 나의 사수들. 사수란 방아쇠를 먼저 당기는 사람. 빛나는 과녁을 가리키는 사람. 빛을 쏘고 온도를 조절하는 과정 속에서 우리는 신에 가까워졌다. 서로를 겨냥하며 따뜻한 인간을 만들어 냈다. 사람이 좋아 들어간 회사엔 온통 사람들뿐이었다.

우리는 인간을 만드는 회사입니다. 기술보다 사람을 우선합니다. 우리는 반도체처럼 신중합니다. 태초의 경전은 이진법으로 쓰여져 있다. 있거나, 혹은 없는 것. 나의 역할은 모든 것이 비워진 공간을 찾아내는 것. 있지도 없지도 않은 그 자리에서, 거기 혹시 빈방 있어요? 하고 문을 두드리는 것. 두드려라, 그리하면 열릴 것이다. 평생을 열리지 않는 문 앞에서 두드렸습니다. 이제 그만 열리라 하니 사람이 열렸습니다.

열린 마음으로 나는 비판되었다. 무해하게 수용되었다. 제가 수용하는 선에서 존대해 주십시오. 사회적 지위를 지키십시오. 저에게 정중하십시오. 부디 나를 써 주십시오. 가장 사람 같은 것에서 가장 인간다운 곳까지, 부디 나에게 무해해 주십시오. 인간이 허용하는 데까지, 내가 쓰일 때까지. 허락하는 안에서 나는 빈방입니다.

문
성
희

　나의 일은 양털을 깎는 것. 젖을 먹이고 풀을 먹여 유순한 양을 키우는 일. 개를 풀어 울타리를 넘어간 양들을 되찾아 오는 일. 털을 깎아 따뜻한 잠자리를 만들고, 잠이 다하면 가장 잠잠한 것의 배를 갈라 가죽을 쓰는 일. 양에게는 질문이 없고. 의심이 없고. 상처가 없는.

　눈 내리는 설원 가운데 양과 눈을 구분하는 일. 앞서간 사람의 발자국이 눈밭 위인지, 눈에 파묻힌 양의 등인지 모른 채 뒤쫓아 가는 일. 양의 자리는 피하지 못한 자리. 해결되지 않는 자리. 꽉 쥔 주먹이 다시 서서히 풀어지는 자리. 엄마의 품처럼. 하얀 것들이 하얀 채 멈춰 버린 자리.

　싸움을 잘하고 싶은 마음. 한없이 쥐어 패고 싶은 마음. 눈보다 흰 주먹을 쥐고. 사정없이 얼굴을 후려갈기는 마음. 눈이 녹고, 주먹이 녹고, 얼굴이 녹은 자리에 새로 태어나는 양. 양을 들어 올리는 손. 품에 양을 안고 눈 속으로 들어가는 일. 길이 걷히면 드러나는 백야. 양과 함께 잠에 드는 일.

황
수
진

어렵지 않아요 마들렌을 만드는 과정은
예배당에 들어서는 과정처럼

반죽을 잠재우듯 감정을 잠재우고
버터와 밀가루와 설탕을 한데 모은 뒤
모아 둔 것을 잊어버리는 과정

빵을 만든다고 생각하지 말고
기다리는 시간을 만드는 거라 생각해 보세요

기다란 의자 끝에 홀로 앉은 채
가만히 웅크린 이의 뒷모습처럼

침잠하는 감정 속에서
고독의 온도를 빚는 겁니다

너네들은 수시로 나를 침범했습니다

처먹으라고 만든 빵이 아닌데
성급히 오븐을 열어젖혔습니다
하나같이 오븐에 넣고 싶은 얼굴을 하며
서툰 민낯을 들이밀었습니다

깊어질수록 낯을 가리는 게 잘못인가요?
빵의 시간을 견디는 게 어려운가요?
고독을 고독으로 내버려 두질 못합니까?

사람으로부터 오는 외로움 사람으로부터 오는 고독 사람
으로부터 오는 공허 가는 건 없고 오기만 하는 시간 속에서

복기하세요
마들렌을 만든다는 것은
사람의 형상을 비워 내는 것
빈자리를 빈자리로 남게 하는 것

파리의 언덕 어딘가에서
우연히 마주친 이에게
빵 한 쪽을 찢어 건네주는 것

최후의 만찬은 늬들이나 참석하세요
나의 만찬은 지금입니다

허
슬
기

 준우야, 엄마는 참을성이 없어. 부당함을 견디지 못하는 것이 나에게 부당함이 됐어. 나는 준우가 있기 전부터 부당해졌어. 젊음은 빛나는 단검을 품속에 지니고 있는 것. 엄마의 엄마의 엄마부터 꺼내 본 적 없는 검을 벼려 내고 있다. 단칼에 베는 것만을 배워 왔는데. 어느새 품을 지키는 것이 검인지, 검을 지키는 것이 품인지 무뎌질 만큼 나의 칼날은 녹슬어 내리고.

 엄마는 아르헨티나예요. 더운 열기와 달팽이 크림, 장미씨 기름과 푸른빛의 돌을 찾으러 떠나간대요. 엄마의 우주는 그곳에 있대요. 엄마는 나에게 외국입니다. 내가 있기 전부터 있었습니다. 맹목적으로 나에게 친절합니다. 길을 물으면 이미 안다는 듯 환한 미소부터 꺼내는 현지인처럼. 나의 현지는 남미와 우주의 가운데 있습니다. 단면을 갈라 봅니다. 빛나는 셔터가 드러납니다.

 셔터를 목에 걸고 서툰 발음으로 아, 르, 헨, 티나… 읊어

봅니다. 오래전의 내가 지녔던 이름 같습니다. 품속에 버리
고 있던 것은 나의 이름이었습니다. 꿈이 나를 벼려 냅니다.
나의 우주를 찾아 떠나갑니다. 엄마에게 배운 문장은 단 하
나였습니다.

사진은 단칼처럼, 단칼은 사진처럼.
사진과 단칼, 단칼과 사진.

내 앞에서 아들 얘기 그만하세요.

김
예
림

아빠를 꺾어 꽃으로 심을 수 있다면.

개천에서 서럽게 울던 때를 기억합니다. 나의 이야기를 끝까지 들어준 것은 인간이 아닌 꽃이었습니다. 인간이 미울 때 꽃을 그렸습니다. 꽃을 배운다는 것은 잎을 모두 소진하는 법을 배우는 것. 꽃들이 만연한 거리에는 소진된 인간들이 흩뿌려져 있었습니다. 하나같이 무기력한 얼굴로 햇빛을 올려다보았습니다.

시도 때도 없이 나는 웃음이 터져 나왔습니다. 상황과 때를 가려라, 분위기를 좀 봐 가면서 해라, 라는 말을 들었습니다. 그렇다면 나의 분위기는 어디로 가는 걸까요. 우리는 시도 때도 없이 분위기로 전염되었습니다. 전염된 이들에게 꽃을 꺾어 선물했습니다. 손아귀를 빠져나간 개천의 이파리들에도 전염처럼 이름이 있었습니다.

거베라, 카네이션, 루스커스, 칼라⋯ 이국땅에 있는 먼 친

척의 이름 같습니다. 아빠라는 단어는 내가 꺾지 못하는 꽃
말 같았습니다. 소화할 수 없는 체질이었습니다. 남보다 못
한 가족이란 무얼 가리키는 걸까요. 공휴일마다 선물할 꽃이
정해져 있는 거라면 아빠에겐 어떤 꽃을 보내야 할까요. 나
의 공휴일은 언제 오는 걸까요.

죽지도 않고 꽃의 계절은 돌아왔습니다.
계절을 한 아름 꺾어 개천을 다시 찾을 때가 되었습니다.

정
보
경

할아버지는 계속 한옥을 지으셨다. 케세라세라, 케세라세라… 중얼대면서. 할아버지, 한옥은 이제 그만 지으셔도 돼요. 우리 살 곳은 충분해요. 그만 망치를 좀 놓아 주세요. 누구를 더 들이려고 하시는 거예요. 물어보면 그는 옛것이 좋은 것이여, 자연이 좋은 것이여… 망치질을 멈추지 않았다.

언제부턴가 짝꿍은 우리 집에 들어와 지내기 시작했다. 우리는 옷과 수건을 같이 썼고 서로의 지우개를 자기 것처럼 썼다. 그것을 우리의 동등함이라 믿으면서. 마음껏 지워. 원하는 만큼, 닳을 때까지. 필요한 게 있으면 얼마든 말해. 짝꿍은 필요한 게 무엇인지 한 번도 말하지 않았다.

산소에 다녀온 어느 날, 짝꿍이 마당에 쭈그려 앉아 흙을 파헤치고 있었다. 뭐 하고 있어? 등을 쿡 찔러도 돌아보지 않은 채, 안에 무언가 있어. 여기에 있어…. 땀을 훔치지도 않고 짝꿍은 시커메진 손톱에 핏물이 밸 때까지 흙과 돌멩이를 파헤쳐 댔다.

그날 짝꿍의 손에 들려 있던 것이 무엇인지 모른다. 검고 축축한 그것은 살아 숨 쉬는 것처럼 부풀다 가라앉기도 했고, 햇살에 비친 무늬는 아주 오래전의 건축 양식 같기도 했다. 갓 태어난 새끼 쥐를 다루듯 그것을 품에 안은 짝꿍을 보며 나는 무언가 끝이 나 버렸구나, 생각했다.

할아버지가 지은 한옥들이 모두 낡아 허물어지고 그가 중얼대던 외국어도 희미해졌을 때, 고궁을 거닐다 문득 나는 짝꿍에게 물었다.

그날, 네가 찾은 게 뭐야?

그는 흙 묻은 손으로
내 얼굴을 쓰다듬기 시작한다.

김
준
엽

대비된 미래로부터 왔습니다. 미래의 주먹이란 무엇인가. 평생을 고민했습니다. 7월밖에 없는 여름입니다. 7월을 넘기면 새로운 7월이 찾아옵니다. 미래에는 대비된 게 아무것도 없었습니다. 하얗게 내리쬐는 태양만 가득합니다. 7월에 태어난 아이들은 모두 하얗고 배가 불러 옵니다. 가슴이 땀으로 젖어 있습니다.

해가 가장 길게 늘어지는 오후. 그림자와 그림자가 맞붙으면 하나의 그림자로 태어납니다. 나와 그림자는 연탄재처럼 닮았습니다. 타오르고 나면 검은 재가 남는 것. 내지른 주먹이 닿기도 전에 가루가 되어 흩날리는 것. 타오른 흔적 말고는 아무것도 남기지 않는 것.

지금 나의 주먹으로 할 수 있는 것은? 종이를 구겨 버리는 것, 전자 담배를 말아 쥐는 것, 잉크가 모두 닳은 펜을 움켜쥐는 것… 그것 외엔 남아 있지 않습니다.

허공에 주먹을 내지릅니다. 허공의 멱살이라도 움켜쥐고 싶은 오후입니다. 체육관에서 흘린 땀이 나에게 준 건 흰 종이와 주먹뿐이었습니다. 백지와 맞대고 싸우기 시작합니다. 백지 같은 미래가 펼쳐집니다. 나의 마흔은 어디에 적혀야 합니까.

불혹의 나이는 유혹에 넘어가지 않는 것.
늘 주먹을 뻗으려는 충동으로부터 이겨 왔습니다. 그러나 나 자신과의 싸움 속에 얻은 것은 패배한 채 웅크린 또 다른 나였습니다. 머릿속으로 깨끗한 미래를 그려 봅니다. 검은 그림자들이 이내 몰려듭니다.

온 힘을 다해 주먹을 쥐고 내 얼굴을 향해 내지른다면 그것은 최선입니까? 아니면 최악입니까?

다시 돌아오는 7월입니다.
이제 나는 누구와 싸워야 합니까.

아빠, 나 그냥 격투기 할래.

김
형
섭

우리는 침묵으로 지속되었다. 동생은 끊임없이 붕어빵을 찍어 냈다. 틀을 찍고, 틀을 깨고, 아주 틀에 박혀서. 틀에 박힌 게 싫어 나는 방에 틀어박혔습니다. 의자에 앉습니다. 책을 폅니다. 이것이 나의 틀입니다. 아버지, 그렇다고 내가 동생을 낳을 수는 없잖아요. 싸가지가 없을 순 없잖아요. 동생과 나는 단절로 연결된 것을 모르십니까. 아버지, 다만 나는 건강이라도 해지려고요.

나는 참을 수 없이 꾸준해집니다. 나의 달란트는 침묵입니다. 공중에 흩날리는 지폐들. 내 침묵의 가치는 얼마인가. 우리는 꾸준한 시간으로 이어져 왔다. 정해진 동안 소란을 피우는 것. 함께 운동장을 뛰고 야구공을 던지고 침을 뱉고 개미를 태우는 것. 시간과 정신과 책상이 수렴하는 곳에서. 우리는 가만한 것으로 감사해진다. 감사한, 친애하는 나의 형제들.

형제를 가르치는 게 좋아 이곳에 남았습니다. 제 방은 언제나 열려 있습니다. 둘러보려면 얼마든지 둘러보세요. 건질 게 없다면 저라도 건져 주세요. 똑같은 눈높이에서, 나눌 게 하나 없는 셰어 하우스에서. 누군가 침묵을 깨고 책상을 내리칩니다. 우리는 창밖으로 일제히 뛰어내립니다. 붕어가 붕어를 삼키며 커져 갑니다.

김
민
지

변기 뚜껑을 올렸을 때
잘린 손가락이 담겨 있었다

이 손가락을 어떻게 하지?

떨어진 물건을 주웠으면
제자리에 놓아야 한다고 했는데

손가락의 자리는 보이지 않고

흐르는 물로 헹군 뒤
물기를 닦자

잘려 나간 사람의 자리가 생겼다

사람은 없고 사람의 자리만
덩그러니 놓여

저, 그거 주인이에요

누군가
나를 향해 말하는 것 같다

서둘러 손가락을 주머니에 넣으면
손가락에 대한 생각으로 가득해진다

신을 떠올릴 때처럼

카페에 들어서면 주인이 아닌
빈자리부터 찾아보게 된다

자리를 빼앗긴 사람처럼

신화 속에서 신은 어쩌다
인간과 동물이 섞이게 되었을까

물감처럼

동물의 자리는
먹지 않는 자리

비어 있는 채 천천히 번지는 자리
태어난 것들이 이미 끝나 간 자리

자리가 끝나면

뚜껑을 닫은 뒤
물을 내리게 된다

없었던 사람인 것처럼
원래 그런 것처럼

전
찬
혁

　교장 선생님이 선생님을 낳고 선생님이 학생을 낳고 학생
은 무엇을 낳아야 하지?

　내가 이 아이의 지도잡니다. 아이를 지도할수록 나의 지
도는 희미해졌습니다. 그려지지 않는 학교를 그려 왔습니다.
주머니 속엔 바늘이 부러진 나침반 한 개. 아이를 낳았으면
길러야 한다. 낳을 수 없는 몸이기에 품속은 길러지지 않은
아이들로 무수해지고.

　교단에 서서
　창밖에 쏟아지는 비들을 바라볼 때.

　학교를 세우기 위해 더 많은 아이들이 필요했습니다. 아이
가 아닌 아이들이 필요했습니다. 마음이 더욱더 커져만 갔습
니다. 커진 마음을 어떻게 품어야 하는지 모르는 채 천년 동
안 세워지지 않는 학교를 세우고 있습니다. 창밖으로 아까운
아이들이 쏟아져 내립니다.

지도할수록 나는 점점 지도 위의 한 점이 되었다. 아이들을 떠나보내도 무수한 아이들이 생겨났다. 하나로 몰려들었다. 자라지 않는 신념이 되었다. 이정표처럼 꼿꼿이 서 있는 자리가 되었다. 순간의 지나침이 되고 침묵이 되고 모든 것이 자라다 마는 그곳에 서서

거대한 캔버스를 세워 둔 채
펜을 쥐여 주는 것이 아닌 모조리 분지르는 것.

그렇게
나는 그들의 영원이 되어 가고 있다.

안
덕
진

지금부터 멍 때리는 여행을 떠나는 겁니다

채소나 과일, 해초 따위는 잊어버리고

모피나 실크의 촉감 같은 것도

서툴게 부러뜨린 손가락도 잊고

자라나는 생각의 가지들을 쳐내다 보면

어느새 고가 도로를 지나는 열차 앞

가만히 앉은 내가 보입니다

철커덩철커덩

소리가 생각이 되고

생각이 환경이 되고

꿈이 귀해진 세계에서

남겨 둔 반찬이 떠올랐습니다

두고 온 환자들이 떠올랐습니다

떠오르는 것들을 떠올리지 않을수록

방사선처럼 길어지는 철도 가운데

다가오는 미래를 전속력으로 기다리는 것

그렇게 여행을

근데 우리 어디까지 얘기했었죠?

파묻은 손가락이 욱신거리기 시작합니다

노
현
아

다니던 길에 공중전화 부스가 생겼다

울리지도 않았는데
수화기를 들었다

저도 제가 받을 줄은 몰랐는데요

이렇게 말이 많아질 줄은 몰랐는데요

이렇게 오래
다니게 될 줄은 몰랐는데요

궁지에 몰릴 줄은 몰랐는데요

팔꿈치를 문지르면 몸의 가장 바깥과 이어지는 것 같다

가장 가까운 곳에서

가장 먼 곳을 쓰다듬는 감각

"잠시 연결되는 동안 자신을 알려 주세요"

응, 아직 살아 있어

"눌러야 할 시간이 지났습니다"

밖으로 나오면
거리는 지난 만큼 바뀌어 있고

누가 부르지도 않았는데
우리는 상시로 살아 있게 된다

어떤 날은 사라진 채 있다

장
희
진

내담자가 찾아왔다

그는 개발을 한다고 했다 무엇을 개발하시죠? 여러 필요한
것들을 개발해요 산출물들을 토대로 일상생활에 적용합니다
근데 사직서를 냈어요 어쩌다가 그러셨죠? 지금은 물속에 가
라앉는 시간이에요

또 다른 날에 그는 연주를 하는 사람이라고 한다 저는 원
장님이에요 가느다란 손가락으로 연주하는 아이들을 보면
미래가 기다려져요 책은 왜 악보처럼 정확하게 보는 것이 어
려울까요 그림 같은

다른 날은 그는 스스로 돌을 깎는 사람이라고 한다 깎은
돌로 무엇을 하시나요? 아무것도 하지 않습니다 그럼 돌을
깎아 파시는 건가요? 아니요 돌을 계속해서 깎을 뿐입니다
깎고 또 깎다 보면

다음 날에 그는 사실 상담사라고 한다 그간의 상담은 그가 아닌 나를 위한 거라고 이제 실험은 끝났어요 마음을 놓으셔도 돼요 인간을 닮은 그의 눈을 보면 뭐라도 말해야만 할 것 같은 기분이 든다

상담이 끝난 곳엔 늘 한 명도 남아 있지 않다

김
미
정

기안: 행복을 찾아
1안: 건반을 두드리는 것
2안: 두드려서 사람을 바꾸는 것
3안: 두드려서 사람을 바꾸기 위해 건반을 두드리는 것
결재: 징계(사유: 자책 중독)

중독: 거울
거울: 흘러내리는 일기를 휘갈기는 것
일기: 강물 속의 나를 끊임없이 탓하는 것
강물: 장조
장조: 강박
강박: 같은 건반을 두드릴수록 다르게 쌓이는 음계
단조: 허리가 무너진 계단
협주: 무한히 어긋나는 대화
사랑: 전문직

흰 사람과 검은 사람을 두드리면 동시에 소리가 났다

혼자 우는 음계가 좋았다

눈을 감기 전, 의사는 마지막으로 덧붙였다.

"더 중요한 것들을 잊지 않기 위해 다른 것들을 잃는 거라 생각하세요."

기억 제거 수술을 받은 후로 모든 것이 선명해졌다.

중요한 시험도, 키우던 개의 죽음도, 나를 기른 가족의 얼굴도, 어째서 그들이 나를 떠나게 되었는지도

모든 것이 명징했다.

온통
빛으로 가득해

한 번 떠오른 생각은 영영 잊을 수 없었다.

오늘이 마지막이길,
눈을 감을 때마다 생각했다.

다시 눈을 뜨면
첫 페이지였고

소중한 것들을 처음부터 지워야 했다.

이
재
영

사람이 좋으면 말이 아니라
책을 건네게 된다

멸종한 바다의 생태나
별자리의 죽음에 관한 이야기

물결처럼

전부 사라지는 내용밖에 없나요?

물으며 스며드는 사람과
다시 새어 나가는 사람들

안팎으로 흘러드는 물속이었다

책을 열면
젖은 글씨가 물에 번져 떠다니고

입을 벌려도 소리가 닿지 않는 곳

태어나지 않은 이야기와
끝만 남은 이야기 속에서

백지처럼
텅 빈 도서관

파묻은 얼굴들이 수면 위로 떠오른다

양
건
희

재소자를 교화하기 위한 책이라 적혀 있었다

책장을 여니
썰매를 끄는 개와
오로라에 관한 이야기였다

눈밭을 달릴 때 개는
인간의 마음이 아닌
오로라를 향해 달린다고 한다

물집이 잡히지 않게
발바닥에 묻은 눈을 깨끗이 닦아 줘야 한다고

다음 장으로 넘기면
북극권의 기후 변화로 이어졌는데
오로라의 관측 가능성을 코드화하면
인간의 감정과 유사한 변이를 일으킨다는 연구 결과가 담

겨 있었다

앞으로는 인공 지능이
데이터베이스를 기반으로 한 유전자 분석을 통해
질병 예측과 형질 변형이 가능해지면서
모두가 건강해질 거라고 한다

원래라면
죽어야 할 사람들의 수명이 16년은 연장된다고

책을 덮었을 때
창밖으로 때아닌 눈이 내리고 있었다

이곳을 나가게 된다면
해야 할 일이 미래에는 많이 있었다

뒤에서 이제 그만하라는 명령이 떨어진다

이
셋
별

우리가 샛별이 아닌 셋별로 만났을 때.

샛과 셋이 다르듯 숨과 품이 다르다. 씨앗을 심는 일과 씨앗을 품는 일. 녹빛을 흩뿌리며 정원으로 흩어지는 이파리들.

한지는 먹의 어둠을 통해 빛을 발한다. 그림자를 문지르자 드러나는 빛. 어둠의 자리로부터 서서히 번지는 안개.

숨과 품이 품속에 스며드는 일. 발음할수록 틈새로 흩어지는 마음과 같이.

아름과 다운 사이, 샛별과 셋별 사이, 자음과 모음 사이 발을 뻗으면 드러나는 안개의 정원.

정원의 어둠을 묵묵히 채취하는 일. 색이 다른 이파리들을 한 잎 한 잎 포개어 놓는 일. 별과 별 사이 먼 마음을 옮기듯

그림이 다 닳은 그림자를 다시 몸에 입는 일. 품속의 씨앗
을 문지르면 태어나는 별 하나. 번지는 마음.

김
성
아

공원에서
농구공을 튕기는 아이들을 본다

통
통

내리쬐는 햇빛이
그물에 걸려 잘게 조각나고

타오르듯
공을 향해 몰려드는 손가락들

무엇이 너희를 뜨겁게 하니

공처럼 둥근
산책로를 도는 사람들과

중심을 가로지르는 숲
부서지는 빛 가운데

아이들이 불꽃으로 번역되고 있었다

나
인
채

돌을 집으면
오래 생각하는 버릇이 생긴다

처음에 둔 돌이
가장 나중의 돌이 될 때까지

더 길게

기억하는 사람이 이기는 규칙

우리의 목표는 더 많은 집을 짓는 것

공주와 청양
만리포에서 말레이시아의 해변까지

기억이 많아질수록 나는 점진적으로 많아져 갔다

처음의 내가
가장 나중의 내가 될 때까지

돌을 쥐고

기억이 끝나면
여백도 멈추게 된다

손에 쥐인 채
생각을 빠져나가는 돌의 모양과는 무관하게

내가 나인 채
다시 한 달이 시작되고 있었다

버릇처럼

이
하
정

신규 길잡이 채용 공고가 붙었다 내륙과 도심은 이미 정원이 마감되었다 인적이 드문 사막과 고원 부문은 여전히 모집 중이었다 인력소에 가니 소장은 건성으로 내 종아리를 훑으며 은화 두 닢을 던져 주었다

빨리 오르는 것보다 다른 사람과의 호흡이 중요해요

이 일을 오래 했다는 소년이 파트너로 붙었다 이 일이 뭔데? 길을 찾아 주는 일이죠, 소년은 짧게 대답했다 적어도 발길이 닿은 곳 중에 내가 헤매는 일은 없어요 흰 이를 드러내며 소년이 씩 웃어 보였다

그럼 발길이 끊긴 곳은?

왜 끊겼는지를 찾아봐야죠, 그럴 때 보통 근처의 낭떠러지를 살피거나 핏자국이 묻은 바위를 들춰 보면 알게 돼요, 발길이 끊긴 이유도 대부분 발밑에 있어요, 소년은 흙발로 자

기 그림자를 짓이기며 말했다

　여기서 잠시 쉬었다 가죠

　소년은 바위에 걸터앉아 땀을 훔쳤다 뒤따라오던 사람들
은 보이지 않는데 곧 있으면 도착한다고, 소년은 앞을 바라
보며 말한다 어딜 도착하는데? 우리가 가려던 곳이요, 어딜
가려고 했는데?

　사방이 깨진 유리로 가득한 곳이었다 조각에 비친 소년 소
녀들의 얼굴이 무채색으로 번지는 곳이었다 다 자란 내가 있
었다 이미 본 장면처럼 뒤를 돌아보니 소년은 없고 발밑으로
두 개의 그림자가 흘러내린다

김
소
희

    소희와 보성은 가깝다. 식당에 가면 소희는 밥을, 보성은 빵을 시킨다. 보성은 가족이 많다. 소희의 이모부는 늘 소희에게 보성을 잘 챙겨야 한다고 했다.

    함께 산을 오를 때면 보성은 풀들이 비치는 푸른 녹색이 좋다고 했고 그럴 때면 소희는 어서 정상에 오르자 했다. 꼭대기에서 미래를 다짐하는 소희의 등을 보며 보성은 소희의 뒷모습이 푸르다, 라고 생각했다.

    보성은 은은하게 먼지 덮인 소희의 서재가 좋았다. 소희는 책에 대한 내용을 먼저 꺼내진 않았으나 보성은 펼치지 않은 채로 정돈된 책들을 보며 어쩐지 우리의 사랑 같다, 라고 생각했다. 얼마 뒤 소희는 보성을 떠났다.

    소희는 도시에서 도시 공학을 공부했다. 도시를 공부할수록 알게 된 것은 도시 전체를 관통하는 배관의 원리나, 맨홀 뚜껑의 규격, 도시의 오물을 원활히 통하게 하는 도랑의 조

건 따위였다. 소희는 점점 잿빛 얼굴을 하게 되었다. 그러나 그것이 도시의 색인지 소희의 색인지는 알 수 없었다.

길고 긴 연구 끝에 소희가 새로운 도시를 세웠을 때, 보성이 어디론가 떠났다는 소식이 들렸다. 소희는 희미해진 보성의 윤곽을 떠올렸다. 소희와 보성은 밥과 빵처럼 다르기도 했고, 밥과 빵처럼 닮아 있기도 했다. 도시의 변두리를 달리며 소희는 보성이 떠난 곳을 찾아야겠다고 다짐했다.

소희는 마지막으로 보성에 간다.
연휴 같은 사랑이 지나고 있었다.

김
성
은

달력 속에 머문 사람들이 있었다.

달력의 세계는 무해한 눈의 세계. 눈을 넘기면 새로 흰 눈이 쌓이는 세계. 허공에 찍히는 발자국들. 살아남기 위해서 따뜻한 빵과 케이크를 만드는 세계.

울타리를 넘으면 달콤한 냄새가 풍기고. 달콤한 냄새를 따라 숲속에 들어가면 숲은 어둡고 따뜻한 나무. 영원히 겨울로 남은 사람들. 울타리를 끊고 넘어가 버린 아이들.

두 개의 만남이 있고, 두 개의 만남은 네 개의 약속이 되고, 네 개의 약속은 돌아오지 않을 한 개의 만남이 되는. 돌아오지 않는 숲속에서 오직 우정은 흐르고. 끝나지 않는 겨울의 숲.

여름의 눈과 겨울의 눈이 덮고 덮이는 세계. 오래된 것들이 오래된 채로 멈춰 버린 세계. 점점은 없고 영원만 있는.

아이를 들추면 노인이 노인을 들추면 자매들이 태어나는.

달력에 처음 온 날. 품에 안은 줄 알았는데 품으로 들어
가 버린 날. 날들은 없고 날날날 이어지는 날. 벤치에 앉은
노인은 돌아갈 방향이 없고. 살아 있는 것들이 죽은 채 있어
사는 날.

흰 눈을 찢는 손. 손 위에 덮이는 눈. 눈이 녹으면 드러나
는 흰 손의 세계.

피
은
선

병원이 하얗다.

하얗다는 사실이 사람들을 더
아프게 한다.

여기서 일하면 몸이 망가질 수밖에 없어요.

환자를 대할 때는 웃을 수가 없다며
웃는 그의 이가 하얗다.

오신 김에 검사나 한번 받아 보세요.

나는 긴 복도를 지나쳐
주섬주섬 옷을 벗는다.

사람이 자주 오가는 통로를
희게 칠하면

오염된 부분을 금세 발견할 수 있다.

아픈 원인을 찾은 사람들은
다시 복도를 거쳐 그곳을 빠져나온다.

병원을 통과하는 동안 나는
지나친 것들을 떠올릴 수밖에 없고

병원을 나서면
상세히 적힌 기록지가
나보다 먼저 내게 도착해 있다.

김
지
수

무대에 식탁이 놓인다.

식탁을 중심으로
지수와 지수 가족이 모인다.

어둠 속 식사 기도.

식사하는 내내 누구도 입 열지 않는다. 가끔 달그락거리는
소리. 정적 가운데 지수는
이곳이 무대임에도
가족이 모였다는 사실이 마음에 든다.

지수는 챙겨야 할 가족이 많다. 그중에 어린 신도 있다.
지수는 조용히 앉아
밥 먹는 신의 손을 쥔다.

언젠가 너를 살리려면 내가 죽어야 해.

신은 아직 어려서
지수의 말을 이해하지 못하고
수저를 내팽개친다.

우리, 자라서
큰 상처만 주지 않도록 노력하자.
지수가 떨어진 수저를 줍는다.

그러나 지수는 무대를 벗어난 적 없고
관객 없이 공연은 시작하지 않아서
끝나지도 않는다.

줄어드는 식탁.
암막에 가려지는 무대.

무대가 완전히 어둠에 잠기면

지수,
식탁 위에 서 있다.

그러나 신이 죽고 자꾸 지수가 되살아난다.

살아서
계속 지수가 채찍을 맞는다.

홍
은
정

산이 깎인 곳에
요양원이 들어섰다

봉우리가 있던 자리

천사처럼
흰옷을 걸치고
그곳에서 머물게 될 사람들을 생각했다

산을 등지고 내려가는 길

내게 남아 있는 삶과
남겨진 삶을 떠올리는 동안

깎여 나간 기억만큼
흰 형겊을 덮어 주었다

산 사람들은
모두 산을 떠나고

때로 밤에는
불나방처럼 번지는 산불을 바라보았다

김
소
희

　추락하는 비행기 안에도 다양한 모임이 생겼다 기도회를
여는 무리 구명 장비를 챙기려는 무리 마지막으로 사랑하는
이의 목소리를 듣는 무리 그동안 꺼내지 못했던 속마음을 전
하는 무리 이미 혼절한 무리 텅 빈 눈동자로 창밖을 내다보
는 무리 연을 끊었던 가족의 사진을 꺼내 보는 무리 서로를
껴안은 채 눈을 질끈 감은 무리 자신에게 처한 운명을 받아
들일 수 없다는 듯 절규하는 무리 알아들을 수 없는 외국어
살기 위한 노력과 죽음 같은 삶 그 모든 것을 비웃는 사람 우
리의 공통은 하나의 종착지를 향한다는 것 자꾸만 역행하는
과거를 상상하는 것 나를 좋아해 줄 사람도 싫어하는 사람도
더 이상 과거에 남아 있지 않다는 것 내가 속할 세계는 거기
에 없고

　영화가 끝나면
　나를 비껴간 것들에 실감이 났다

　서로 하나의 이미지를 향해 추락한다

박
선
영

병원을 드나드는 게 익숙해질 때쯤, 어렸을 때의 기억이 떠올랐다. 이름 모를 약품 냄새, 하얀 가운을 걸친 채 지나가는 사람들. 고개를 쳐들고 멍한 얼굴로 티브이를 쳐다보거나 사타구니로 목이 푹 꺾인 사람들. 분주하지만 차분히 움직이는 발소리. 무기력한 분위기 속에서 병원은 아픈 사람이 한 명도 없는 것처럼 보였다. 울거나 몸을 비틀거나 비명을 내지르는 사람 하나 없이, 그들은 너무도 침착했다. 의자에 앉아 조용히 순번을 기다리는 환자들. 자신이 겪는 고통이 마땅하다는 듯이. 아픔이 가지런한 세계에서 나의 통증은 자꾸 특별해졌다.

의사는 성장이 멈추는 병이라고 말했다. 몸의 성장은 이미 멈췄지만 정신은 계속해서 성숙해질 거라고. 병원을 나오면서 엄마에게 물어봤다. 정신이 성숙해진다는 게 무슨 말이야? 그건 엄마랑 계속 친구로 지낼 거라는 뜻이야. 그날 우리는 집 앞에서 한참을 산책하다 들어갔다. 그 후로 엄마는 내 앞에서 우는 모습을 보이지 않았다. 엄마가 스스로 우물

에 빠진 날, 어른들은 내게 대고 말했다. 네가 지금 몇 살이
지. 너무 빨리 자라게 됐구나. 그런데 어쩌다 그랬을까. 정말
미안하구나. 우물에 빠진 건 엄마인데 사람들은 계속 나에게
미안해했다.

언제부턴가 혼자 걷기가 어려워졌다. 아무리 걸어도 우물
속을 허우적대는 것처럼. 나를 들여다보는 사람들의 얼굴이
심연처럼 보였다. 깊거나 얕거나 시커먼 것. 오래 들여다보
면 빠져 버릴 것만 같은 것. 계속 거기에 머무를 것만 같은.
시간이 지나 다시 의사에게 찾아갔을 때 의사는 내 몸이 조
금씩 자라기 시작했다는 말만 전했다. 병원에서 나와 엄마와
산책했던 천변을 걸었다. 물가를 피해 걷는 게 익숙한 사람
처럼. 축축해진 몸을 끌고, 걷고 걸었다. 방금 우물에서 빠져
나온 사람처럼. 나는 온전한 울음을 믿지 않는다.

강
나
을

청년 붓다가 내려왔다

붓다는 젊고
수려해서

그 깊은 눈망울에 빠질 것 같았다

많이 엎드릴수록
인간으로부터 해방된다고

모든 사념을 집어삼키려는 듯
그의 두 눈이 나를 놓치지 않았다

피조물처럼
나는 도를 닦아야 했다

미치기 위해 멈춘 사람을 본 적이 있다

김
은
희

기범이 아프다.

두 살이 넘었는데 회복이 되지 않는다. 습한 여름에는 더욱 그랬다. 처음 기범을 데려올 땐 영영 죽지 않는다는 말을 들었는데. 나는 기범의 끝을 한 번도 생각해 보지 않았기에 기범은 영영 아프게 되었다.

뭐라고 말 좀 해 봐.

식물의 장점은 내버려 둘 수 있는 것. 언제든 두고 떠날 수 있는 것. 온몸으로 경계에 서는 것. 계절을 타고 계절에 타는 것. 변두리로 밀려난 세계는 끝없이 자라나는 줄기들로 가득했다.

변방의 나는 식물에 정착하고, 씨앗을 심는 일에 천착했다. 산 사람을 흙에 묻으면 거름이 되나 식물을 파묻으면 영혼이 자란다. 자라는 영혼들로 우글대는 여기,

불면증의 다른 이름은 유령식물증후군. 불이 꺼졌으나 생각이 꺼지지 않은 자리, 구석에서 조용히 달빛을 받으며 자라는 기범이를 바라보는 것. 몸의 기억이 서서히 지워지는 새벽 세 시,

잠에 들었을 때 엄마의 옷장이 보였다. 누군가 심어 놓았다는 듯이. 옷장을 여니 엄마는 없고 수북이 쏟아지는 엄마의 옷들. 해어진 옷가지를 하나씩 누빌수록 은은한 고무나무 냄새가 풍겼다. 엄마의 자리인 것처럼.

옷장 속에 몸을 넣고 문을 닫았다. 눈을 감았다 떴을 때 모서리마다 이끼가 자라고 있었다. 바글거리는 것들을 보니 살아 있구나, 느껴졌다. 이끼는 어디서든 살아갈 텐데. 어떻게든 살 텐데. 그렇게 살아 있다는 것을

영영 나는 말할 수 없었다.

조
다
솜

동생이 영원히 자라지 않게 되었다

나와, 이제 가자

문을 열면 웅크린 동생이 있고
동생의 손은 작고 하얘서
손을 잡는 것만으로 죄책감이 든다

밀림처럼
우리는 너무 깊숙이 왔다

녹색으로 우거진 어둠
동생의 나무를 그리려 하면
머릿속은 울창한 숲으로 가득해지고

손을 놓았을 때 한 움큼 빛이 쥐여 있었다

사방을 둘러봐도 동생은 보이지 않고
숲의 끝까지 뻗어 나간 나무들은
다시 안으로

빛을 피해
웅크린 자세

그늘 아래 더 깊은 그늘이 담긴다

어둠 속에 잠긴 몸을 끌어안으면
손끝으로 내가 아닌 동생이 만져진다

동생의 피부에서
죽은 꽃 냄새가 난다

서로를 향해 쏟아지는 숲

꽃 위로
다시 그만큼의 빛이 새겨져 있다

이
수
현

우리는 시간의 신전 앞에서 기다리고 있다. 먼저 들어갈
까? 아니면 같이 들어갈래? 슬슬 나올 때가 된 것 같은데. 한
참을 기다려도 아무것도 나오질 않고. 기다리면서 슬퍼지게
되고. 울면 혼날 수도 있으니까 웃자, 킥킥대며. 울지 마, 울
지 마. 미안해. 킥킥.

들어가게 된다. 신전의 내부는 흰 기둥과 투명한 대리석
바닥. 온통 우리만 비친다. 우리는 텅 빈 신전을 꾸미기로 한
다. 신전엔 뭐가 있어야 하지? 글쎄, 신전이니까 우선 섬기는
것이 있어야 하지 않을까? 네가 섬기는 건 뭐야? 그러는 너
는? 여기는 우리가 너무 많다.

먼저 죽은 이들의 목소리가 끊이질 않는다. 우리는 섬기는
것들에 대해 수다를 떤다. 내가 섬기는 건 이미 다 끝나 버린
것들뿐이야. 나는 아직도 무엇을 섬겨야 하는지 모르겠어.
그랬구나, 죽은 사람들과 함께 이야기한다. 나도 그랬어.

이곳은 작게 속삭이는 말도 큰 소리로 울려 퍼진다. 비밀이란 건 애초에 없다는 듯이. 거대한 도서관처럼, 웃는 것도 우는 것도 허락되지 않는 장소처럼. 우리는 조심스레 책을 꺼내듯 두 팔을 뻗고, 서로를 끌어안고,

서서히 모여드는 어둠을 본다. 그것을 기다린 것처럼, 이곳은 혼자 남은 메아리도 그림자가 된다.

정
산
호

꿈속의
바닷속에서 나는 뜨개질을 하고 있었다

무릎을 꿇고
내내

벗어나기 위해

얽히고설키는 실들을 보면
하나의 생물 군집이 되어 가는 것 같다

여기서 나의 역할은 산호를 뜨는 것
산호 옆에 새로
뜬 산호를 놓아주는 것
끝나지 않는 생물을 이어 가는 것

별 무리처럼

바다 위에서 누군가 던진 알약들이 떨어진다

사람들 틈에는 더할 나위가 없어
나까지 세는 법을 망각하게 된다

바다 안에서는
걷는 방법을 잊어도 된다는 점이
나를 괜찮게 한다

이곳은 죽음을 선택하지 않아도 되는 게 좋다

어두울수록
사람이 적어지고
사람이 적을수록 사람은 아름다워지고

깊어 가는 해저

아무리 더해도 더해지지 않는 곳
사람 하나 없어 어두워진 곳
하얗게 알약들이 흩어지는 곳
끝없이 펼쳐진 산호

기포처럼 흩어진 알약을 그러모으면
다시 산호처럼
물고기 떼처럼
꿈처럼

다음 생은 끝까지 남아
여기에서 사랑받고 싶었다

윤
태
현

수평선의 끝에서 캠프가 열렸다 모두 아프거나 다친 사람들뿐이었다 나는 아픈 데가 없는데 거기 초청받았다 저는 어디가 아파요 저는 어디를 다쳤어요 그렇군요 그래서 그랬구나 서로가 서로의 아픈 곳을 보듬어 주고 위로하며 위로받았다 그런데 왜 아픈 사람들만 모이게 된 거지?

멀리서 캠프의 주최자가 다가왔다 자신의 꿈은 세상을 더 나은 곳으로 변화시키는 거라고 오드리 헵번이 나를 지켜보고 있다고 생각하면 가만히 있을 수가 없어요 그 눈빛을 보면 죄스러운 마음까지 듭니다 남은 시간도 마저 잘 보내세요 바쁘다는 말을 뒤로한 채 그는 더 아픈 이들이 있는 곳으로 자리를 옮겼다

선선한 바람과 부드러운 와인으로 분위기가 무르익어 갈 때쯤 누군가 마이크를 들고 말했다 지금부터 가장 아픈 사람을 선정하도록 하겠습니다 만장일치로 아픔을 인정받은 분에게는 선물로 개를 드리겠습니다 인간과 교감을 잘하고 똑

똑하며 수명이 많이 남은 개입니다

저요 저요 다들 개를 얻기 위해 더 아픈 곳을 꺼내기 시작
했다 저는 아홉 살 때 부모에게 버림받았습니다 저는 끔찍할
정도로 가까운 친구가 죽었어요 저는 사고로 두 눈을 잃게
되었습니다 그런데 거기 앉아 계신 분은 왜 아무 말도 없는
거죠? 모두의 시선이 구석을 향하고

저는 여러분들이 안타깝습니다 캠프가 끝나고 나면 저는
여러분들에 대한 생각으로 하루도 편히 잘 수 없을 겁니다
그는 터져 나오는 울음을 간신히 삼키는 듯 떨리는 목소리로
말을 이었다 그래도 여기 모이신 분 중에 저만큼 아픈 사람
은 없는 듯하군요 저로 말하자면

슬프고 긴 밤이 계속되었다 캠프는 끝났는데 누구도 돌아
가지 않는 밤이었다 덩그러니 슬픔만 남겨진 밤이다 멀리서
개 짖는 소리 컹컹 들려온다 수평선처럼 아픔이 까마득했다

이
준
민

내가 잃었던 것은
두 다리가 아닌

이야기였던 것

가만 읊조리면,
어느새 내 곁에 와 있는
사랑과 사람들

김병호(시인, 협성대 문예창작학과 교수)

차재신의 《영원이 되어 가고 있다》를 읽다 보면 자연스럽게, 영문학의 아버지라 불리는 제프리 초서의 《캔터베리 이야기》나 고은의 연작 시집 《만인보》가 떠오른다. 두 작품 모두 개성 있는 다양한 개인을 제재로 활용하고 있기 때문이다. 하지만 차재신의 이 시집은 내용과 형식에 있어 훨씬 발랄하고 과감하며, 관습적이거나 상식적인 기대 지평이 지닌 최소한의 경계마저 훌쩍 뛰어넘는다.

시의 제목이 모두 시적 인물의 실명인 고유 명사로 이루어져 있다. 작품이 50편이니 50명의 실명이 각각의 제목으로 쓰였지만, 동명이인이 있어 중복된 이름도 보이고, 신원에 대한 구체적 정보 등을 제공하지 않고 있다. 그가 대상으로 삼는 인물들은 성별과 연령, 생활 방식 등이 각각 다양하다. 사람의 얼굴이 각양각색이고, MBTI도 제각각인 것처럼 그가 다룬 시적 인물들을 어떤 하나의 카테고리 안에 넣기는 수월치 않다. 이는 차재신 시인이 같은 시대를 살아가는 동시대인을 시적 대상으로 삼고 있으면서도 지배적 담론에 종속되기를 의도적으로 거부했기 때문이다.

그의 시 속 인물들은 모두 개별적 독립성을 가지면서도 21세기 전반기의 대한민국을 살아가는 현대인이라는 최소한의 접점만을 지니고 있다. 우리 시대의 다양한 초상이라 할 만하다. 이들 중에는 "센터 앞에 똥 투척하고 가신 분, 나와 주세요"(〈이수빈〉)라고 외치는 이수빈이 있고, "아이를 지도할수록 나의 지도는 희미해졌"(〈전찬혁〉)다는 천찬혁도 있고, "공원에서/농구공을 튕기는 아이들을"(〈김성아〉) 바라보는 김성아도 있고, 친구 보성이가 빵을 주문할 때, 밥을 주문하는 김소희도 있고, "여기서 일하면 몸이 망가질 수밖에 없"(〈피은선〉)다고 하소연하는 피은선도 있고, 그의 "깊은 눈망울에 빠질 것"(〈강나을〉) 같은 청년 붓다 강나을도 있다.

이들은 문학 작품의 주된 소재나 제재로 활용되는 문제적 개인이 아니라, 자기 삶을 충실히 살아가고 있는 지극히 평범한 이웃들이다. 이들은 시인의 남다른 미학적 묘책보다, 시적 대상이 되는 인물 한 사람 한 사람에 대한 시인의 깊은 애정과 각별한 충실함을 통해 시적 인물로 다시 태어났다고 할 수 있다.

시인은 성별과 연령이 다른 사람들을 직접 만나 이야기를 나누며, 그들의 삶을 시적으로 해석하고 형상화해 냈다고 한다. 독자를 단순히 시의 소비자가 아니라 시의 주인공으로 전면에 위치시키면서, 기계적 형식에 그들을 대입하는 인물 소개의 방식이 아니라 시적 대상을 형상화하기에 가장 적합한 각각의 다양한 형식과 기법, 이미지 등을 맞춤형으로 만들어 냈다. 그래서 이 시집에 들어 있는 각각의 작품들이 다양한 양식으로 개별 인물의 삶을 다루고 있으면서도, 우리 시대를 살아가는 개인의 삶을 우리 시대와 사회 전체의 삶으로 확대할 수 있는, 차재신만의 세계가 만들어진 것이다.

나는 자꾸 예견되었다. 유령이니까.

사람이 죽으면 인물이 된다. 그리운 인물. 그리워하는 인물. 원망하는 인물. 기리는 인물. 기다리는 인물…. 인물에 대한 열망이 인물을 살아 있게 한다.

살리는 것과
죽이는 것을 두고

닮은 사람들이 책방에 모인다.

그들은 영혼처럼 종이를 넘긴다.
문장 속에 자기를 가두려는 듯이

웅크린 자세.

유령은 벗어나는 것. 넘어간 낱장과 넘어가는 낱장 사이. 창틀에 가려진 유리 사이. 날아가는 돌과 개구리 사이. 산 사람과 살 사람 사이. 이미와 아직 사이. 문틈으로 흐르는 빛.

같은 결말처럼
맴도는 사람과

꼬리를 무는 생각들.

형벌처럼
숨을 쉬는 미래가 보인다.

앞으로도 살 사람이 남겨져 있다.

—〈박현근〉 전문

이 시집의 시론과 같은 이 시에는 시인 차재신이 내재적으로 상정하고 있는 시의 방향이 녹아 있다. 가볍고 황폐하고 소외된 관계로부터 자유로울 수 없는 삶의 편린들이 흩어져 있다. 화자는 삶이 지닌 연관 관계의 총체성으로부터 '유령'을 끄집어내어, 그것을 고립시키고 그것의 기능을 탈취해 파편화시킨다. '사람'과 '인물'의 유기적 상징의 자리에서 '사람'은 종이와 문장이라는 '책'의 이미지로 변용된다. 살아 있는 삶이 보여 주는 총체성의 거짓 가상이, '죽음' 너머의 유기적 상징으로 삶의 총체성을 구축한다. 고립된 현실의 파편들을 조합하여 그로부터 의미를 산출해 내고, 원래의 상관관계에서 생겨난 의미와 다른 차원의 의미를 도출해 내는 시적 매력이 차재신 시인에게는 있다.

"인물에 대한 열망이 인물을 살아 있게 한다"는 죽음 이후의 평가에 대해 화자는 "산 사람과 살 사람 사이. 이미와 아직 사이"로 규정한다. 더 이상 희망을 노래할 수 없는 미래 앞에서, 유기적 총체성으로 구축된 아름다운 세계를 꿈꾸는 일은, 화자가 보기에 '유령'이 되는 일이다. 사이사이에서 반복되는, 꼬리에 꼬리를 무는 유기적 파편들에서 원래의 잔상을 거두고, 그것들을 조합해 본래의 의미를 산출해 내려는 화자의 의지는 "앞으로도 살 사람이 남겨져 있다"〈〈박현근〉〉는 확신으로 이어진다. 침몰해 가는 몰락을 비추며, 그 마지막을 끝까지 응시하고자 하는 삶의 의미는 꼭 박현근이나 시인만의 것은 아니기 때문이다.

이 시집의 매력은 인물과 삶의 개별적 풍경과 정서의 환기에 있다. 시인은 이를 통해 자칫 빤한 스타일리스트로 치부될 수 있는 오해와 위험을 벗어나고 있다. 기본적으로 시적 인물에 대한 시인의 애정이 깊고 강렬한 개성을 집약적인 은유로 살려 낸다. 이를 선명하게 잘 보여 주는 작품이 바로 〈연정모〉이다.

다시 눈을 떴을 때는 해바라기 들판이었습니다 나는 다 자랐거나 덜 자란 해바라기들 사이를 걷다가 이내 그를 발견합

니다 그는 꿈의 세계를 관장하는 존재처럼 널리 들판을 내다
보고 있었습니다 환한 얼굴로 다가가 여기가 어디냐 물으니
그는 앞으로 나아가야 한다는 말만 남긴 채 서서히 희미해
졌습니다 여름에 갇힌 사람처럼 나는 한참을 걸어야 했습니
다 어서 사랑이 끝나길, 빛을 사랑하는 것도 죄가 되는 세계
에서 나는 다른 이들의 꿈을 헤집고 나아갔습니다 하염없이
걷다 보니 어느새 눈으로 뒤덮인 선로 위였습니다 밑으로 그
동안 뛰어내렸던 유리창들이 눈송이처럼 흩어져 있었습니다
한 걸음 발을 내딛자 사방이 점점 환해집니다 허리가 끊어진
길 너머로 기차가 달려오고 있습니다 나는 이 세계가 빛무리
처럼 다시 태어날 것임을 망각합니다 눈을 질끈 감자 몸을
통과한 빛이 무수히 쏟아집니다

—〈연정모〉 전문

한결 유연하고 능수능란한 언어를 통해 유려한 이미지를
인상적으로 펼쳐 보이며, 시인 차재신은 문학적 내공을 여지
없이 보여 준다. '해바라기 들판'은 결핍이나 부재로서의 존
재를 증명한다. 의식과 무의식의 경계를 무심한 듯 이동하며
고정된 세계를 허무는 화자는, 해바라기 들판에서 '그'를 만나
사랑을 하고, 눈 덮인 세계에서 다시금 또 다른 차원으로 비
약한다. "눈을 질끈 감자 몸을 통과한 빛이 무수히 쏟아"(〈연
정모〉)지는 마지막 장면을 통해 화자는 이 세계에 영원한 건
없음을 알면서도 영원을 추구하는 욕망을 지닌 인간의 내면
을 이미지화한다. 영원한 존재를 꿈꾸듯 그 반대급부로 영원

한 소멸을 꿈꾸는 것이다. 이 소멸의 근거는 '사랑'이다.

　사라짐의 매혹, 죽음의 충동은 사랑의 벗어날 수 없는 한계적 내면에서 기인하기 때문에 일종의 허무주의 내지는 염세주의가 감지되기도 한다. 그래서 달려오는 기차에 몸을 맡기는 것은 세상에 대한 지독한 환멸과도 이어진다. 하지만 결핍과 부재로서의 해바라기 들판은, 자기 존재의 부정을 통해 오히려 존재의 의미를 찾고 싶어 하는 특별한 욕망의 배경이 되어 주기도 한다. 시인은 해바라기와 무수히 쏟아지는 빛의 유기적 상징이 부재를 통해 시적 존재론을 강하게 펼치는 모습을 보여준다.

　기안: 행복을 찾아
　1안: 건반을 두드리는 것
　2안: 두드려서 사람을 바꾸는 것
　3안: 두드려서 사람을 바꾸기 위해 건반을 두드리는 것
　결재: 징계(사유: 자책 중독)

　중독: 거울
　거울: 흘러내리는 일기를 휘갈기는 것
　일기: 강물 속의 나를 끊임없이 탓하는 것
　강물: 장조
　장조: 강박
　강박: 같은 건반을 두드릴수록 다르게 쌓이는 음계

　　　　　　　　　　　　　　　　　　　　　−〈김미정〉 부분

가설:

인류의 최종 진화 형태는 파도로봇일 것이다

파도로봇 설계 도면:

· 국제리더십학생협회에 등록된 자

· 범고래의 범지구적 성향 관련 연구 학술 자료 발표

· 인간을 심은 텃밭을 성실히 가꾸는 자

· 근접한 인간일수록 날카롭게 언어를 벼리는 자

· 자가 면담 기능 탑재

· 동생의 눈을 찌른 언니-오이디푸스

· 주머니 속에 신경 안정제 두 알을 항시 지참하는 자

· 죄책감 없이 인간을 뽑아 버리는 자

· 인사 계원

· 노무사 자격 박탈증 소유

· 반프로이트주의

—〈김수민〉 부분

    차재신의 이번 시집에서 간과할 수 없는 또 다른 특징은 형식의 무정형성이다. 동시대적 새로운 감수성을 담아내기 위한 전략적 시도라고 할 수 있는데, 이를테면 인용한 〈김미정〉이나 〈김수민〉이 대표적 예다. 시 형식의 보수적 전통을 거부하고 현실을 환기하는 최적의 형식을 만들어 내기 위한 시인의 노력이다. 결재 서류나 연구 보고서의 형식을 차용한 이러한 시도는 기존 시 장르의 경계를 무너뜨리고 시의 관습

적 경계를 확장시킨다. 이들 시편에서는 극도로 건조한 언어에 스냅 사진들을 연속으로 넘기는 듯한 생동감이 느껴지기도 한다.

말꼬리를 잡고 이어지는 진술의 방식이나 제한적 조건을 나열하여 의도한 결말에 수렴되도록 유도하는 진술 방식은 우리 시의 전통에서 쉽게 찾아볼 수 없는 서술 방식이다. 모든 기성의 제도와 권력을 거부하는 듯한 이러한 모습은 형식뿐만이 아니라 그 내용에서도 드러난다.

〈김미정〉에서 시인은 건반을 사람의 관계로 확장시켜 낡고 고정된 사고를 넘어서면서 1, 2, 3안의 기안이 '자책 중독'이라는 징계 결정으로 이어지는 과정을 단편적으로 보여 준다. 장조와 단조, 강물과 나의 흐름이 만들어 내는 박자는 나를 둘러싼 인간관계를 다시금 생각해 보게 한다. 또한 〈김수민〉에서는 '파도로봇'이라는 독창적 상상력을 통해, 시적 언어에 대한 위반과 전복을 꾀하기도 한다. 진술의 내용이 얼핏 무의미한 상충의 효과를 극대화시키는 것처럼 보이지만, 실은 현실로부터 온전히 자유로워지기 위해 자신만의 고유한, 이질적 흐름을 만들기 위한 시인의 전략이다.

차재신 시인의 이러한 형식적 실험은, 기성의 사회적 가치와 제도를 가로지르며 이 세계의 제도적 규제를 거부하는 의도를 전제로 하고 있다. 무엇보다 시적 인물 개개인에 대한 그만의 미학적 반응이라고 보는 게 타당하다.

소희와 보성은 가깝다. 식당에 가면 소희는 밥을, 보성은 빵을 시킨다. 보성은 가족이 많다. 소희의 이모부는 늘 소희에게 보성을 잘 챙겨야 한다고 했다.

함께 산을 오를 때면 보성은 풀들이 비치는 푸른 녹색이 좋다고 했고 그럴 때면 소희는 어서 정상에 오르자 했다. 꼭대기에서 미래를 다짐하는 소희의 등을 보며 보성은 소희의 뒷모습이 푸르다, 라고 생각했다.

보성은 은은하게 먼지 덮인 소희의 서재가 좋았다. 소희는 책에 대한 내용을 먼저 꺼내진 않았으나 보성은 펼치지 않은 채로 정돈된 책들을 보며 어쩐지 우리의 사랑 같다, 라고 생각했다. 얼마 뒤 소희는 보성을 떠났다.

소희는 도시에서 도시 공학을 공부했다. 도시를 공부할수록 알게 된 것은 도시 전체를 관통하는 배관의 원리나, 맨홀 뚜껑의 규격, 도시의 오물을 원활히 통하게 하는 도랑의 조건 따위였다. 소희는 점점 잿빛 얼굴을 하게 되었다. 그러나 그것이 도시의 색인지 소희의 색인지는 알 수 없었다.

길고 긴 연구 끝에 소희가 새로운 도시를 세웠을 때, 보성이 어디론가 떠났다는 소식이 들렸다. 소희는 희미해진 보성의 윤곽을 떠올렸다. 소희와 보성은 밥과 빵처럼 다르기도 했고, 밥과 빵처럼 닮아 있기도 했다. 도시의 변두리를 달리며 소희는 보성이 떠난 곳을 찾아야겠다고 다짐했다.

소희는 마지막으로 보성에 간다.

연휴 같은 사랑이 지나고 있었다.

—〈김소희〉 전문

　이 작품은 시적 인물 두 사람을 한 편의 시에 담아 놓고 있다. 물론 실질적 주동 인물은 '소희'이다. "밥과 빵처럼"(〈김소희〉) 다르기도 하고 같기도 한 그들의 관계를 화자는 '사랑'이라 말한다. 이 시집에서 상대적으로 온건하거나 유연하게 보이는 이 작품에서, 화자는 섣불리 속내를 드러내지 않으며 은밀한 균열을 보인다. 여기에는 다양성과 차이에 대한 보편적 편견도 전제되어 있다.

　도시 공학을 공부한 소희가 세운 도시는 사람이 없다. 배관과 도랑, 맨홀 뚜껑의 과학적 규격에 의해 세워진 도시에는 사랑이 없다. 이 시는 사랑이 거세된 도시의 풍경에 대한 반성적 언술로도 읽히지만, 결국 보성을 찾아 나서는 소희의 모습을 통해 새로운 관계의 가능성을 열어 놓는다. 탐닉이나 연민, 부정이 아니라, 자기애에 함몰되지 않고 그것과 맞서려는 자세를 통해 더 많은 가능성의 여지를 남긴다. 운명을 사랑하고 받아들이면서 그것을 뛰어넘기 위해 애쓰는 소희의 태도는 시를 쓰는 시인의 자세와도 다르지 않다. 다만 시적 인물인 소희가 자신의 결핍과 상실을 어떻게 다스리고 운명을 어떻게 뛰어넘으려 하는지, 시인은 지켜볼 뿐이다.

　차재신 시인은 자신의 시에 등장하는 시적 인물들에게 보

115

편적 도덕률이나 사회적, 역사적 굴레를 강요하지 않는다. 오히려 그들의 삶에 개별적 보편성을 부여하는 독특한 형식을 취하고 있다. 사회 구조를 추상화하는 역사학과는 달리 개인에게 이름을 돌려주고, 그들에게 생생한 삶을 살게 하는 것이야말로 문학의 힘이라는 걸 차재신 시인은 시집《영원이 되어 가고 있다》를 통해 증명하고 있다.

시인이 그리는 이들의 모습을, 애써 역사와 사회의 지평 위에서 성찰하려는 자세는 오히려 이 시집의 독해를 방해한다. 그저 개인의 실존적 층위에서 재조명하며, 순수하게 삶의 개인적 경험에 대한 이해로 접근하는 것이 이 시집의 의도에 부합하기 때문이다.

이 시집의 가치는 시적 인물들, 동시대를 살아가는 이웃에 대한 시인의 시선이 인간에 대한 존중과 관심에 놓여 있고, 나아가 그들에 대한 관심과 배려 그리고 응원으로 확장되고 있다는 점이다. 시인은 우리 시대의 장삼이사(張三李四)들을 병치함으로써 우리와 함께 살아가는 다양한 이웃들을 되돌아볼 수 있는 계기를 제공한다. 연대기적 사건의 나열이나 과거에 대한 실증적 기록이 아니라, 그러한 차원을 넘어 이웃들의 다채로운 삶의 모습을 통해 실존적 인간의 삶과 경험 그리고 그 삶이 지닌 이미지에 가닿으려 한다. 이러한 자세와 태도를 갖춘 차재신의 시는 결국 인간의 실존적 공간이라는 보편적 지평을 지니게 된다.

차재신 시인은 자신의 시적 대상들과의 미적 거리를 영리

하게 확보하면서 그 대상에 스미고 번지며 자신과 대상의 경계를 지워 간다. 그러면서 그들의 삶을 증언하고 응원하는 게 자기 시의 소명이라는 듯 진심을 담아낸다. 우리가 기다리던 시인이 새롭게 등장했다.

영원이 되어 가고 있다
ⓒ 차재신, 2024

초판 1쇄 인쇄 2024년 2월 6일
초판 1쇄 발행 2024년 2월 20일

지은이 | 차재신
발행인 | 강봉자·김은경

펴낸곳 | (주)문학수첩
주　소 | 경기도 파주시 회동길 503-1(문발동 633-4) 출판문화단지
전　화 | 031-955-9088(대표번호), 9536(편집부)
팩　스 | 031-955-9066
등　록 | 1991년 11월 27일 제16-482호

홈페이지 | www.moonhak.co.kr
블로그 | blog.naver.com/moonhak91
이메일 | moonhak@moonhak.co.kr

ISBN 979-11-92776-99-6 03810

＊ 파본은 구매처에서 바꾸어 드립니다.

문학수첩
시인선